QUELQUES RÉFLEXIONS

SUR LA

RECONSTRUCTION DE L'HOTEL-DIEU

DE PARIS.

MOYEN DE FAIRE CETTE RECONSTRUCTION A BON MARCHÉ.

AVANTAGE DES SECOURS CHIRURGICAUX A DOMICILE,

PAR LE Dr BOINET.

PARIS

TYPOGRAPHIE DE HENRI PLON

IMPRIMEUR DE L'EMPEREUR

RUE GARANCIÈRE 8.

1864

QUELQUES RÉFLEXIONS

SUR LA

RECONSTRUCTION DE L'HOTEL-DIEU

DE PARIS.

Puisqu'une enquête est ouverte sur le projet de reconstruction de l'Hôtel-Dieu de Paris, il faut donc admettre qu'on désire s'éclairer sur ce point, et que chacun a le droit de donner son opinion. Celle que nous allons exposer n'est pas nouvelle, elle remonte à plus d'un siècle; et par une étude toute particulière que nous avons faite de plusieurs hôpitaux et surtout de l'Hôtel-Dieu que nous avons habité pendant plusieurs années, nous avons été à même de vérifier l'exactitude d'une opinion qui est aujourd'hui celle de presque tous les médecins, de ceux surtout qui ne sont pas guidés par des intérêts personnels. Sans doute, il est téméraire de prendre sur soi de décider en matière aussi difficile et sur d'aussi grands intérêts, après sa seule expérience et ses seules lumières; mais en combattant les raisons avancées par les personnes qui pensent que l'Hôtel-Dieu doit être reconstruit entre les deux bras de la Seine, qu'un hôpital, contenant 800 lits, sera bien placé sur un espace aussi rétréci que celui qu'on lui destine au nord de Notre-Dame, nous ne cherchons qu'à nous éclairer et à éclairer les autres. Nous présentons nos réflexions, moins pour donner notre avis, que pour appeler l'attention de tout le monde et principalement du gouvernement sur une question si souvent débattue, et toujours résolue contre les hôpitaux renfermant un grand nombre de malades.

Bien des fois déjà, les causes qui rendent nos hôpitaux insalubres ont été signalées; malheureusement les avis donnés ont été oubliés ou mis de côté pour les nouvelles constructions qu'on a faites, et pour les réformes qui ont été appliquées aux hôpitaux construits depuis longtemps.

La preuve que l'insalubrité des hôpitaux de Paris a attiré l'attention des hommes les plus sérieux et les plus compétents n'est ignorée de personne. Il y a plus d'un siècle que Joseph II, monté sur le trône impérial, vint à Paris et alla à l'Hôtel-Dieu. Cet hôpital lui parut dans des conditions si mauvaises, qu'il en fit ouvertement des reproches très-vifs au Roi, son beau-frère, et à toute la nation. — Ce fut une leçon dont elle profita. — On vit tout à coup éclore une foule de plans pour la construction des hôpitaux. — On ne doit taire aucun des noms de ceux qui ont élevé la voix contre l'insalubrité de nos hôpitaux. — Marmontel est un des hommes qui, après l'incendie de l'Hôtel-Dieu en 1772, plaidèrent cette honorable cause avec le plus de chaleur et d'éloquence; il démontrait que, de 1737 à 1772, il avait péri à l'Hôtel-Dieu plus de 80,000 citoyens, qu'on aurait sauvés en changeant leur asile. — Un autre philanthrope, Howard, consacra toute son existence et toute sa fortune à la généreuse et pénible mission d'améliorer les asiles des malheureux. Il passa sa vie dans les prisons et dans les hôpitaux de tous les pays, n'ayant pas d'autre soin que celui de signaler leurs misères et de travailler à leur perfectionnement. Il vint en France et constata dans les hôpitaux de ce pays plus de plaies encore que dans les prisons d'Angleterre. « L'hôpital Saint-Louis et l'Hôtel-Dieu, » dit-il, sont les plus mauvais hôpitaux qu'on ait jamais visités; » ils sont l'un et l'autre une honte pour la ville de Paris. »

Ce fut à cette époque, et sous l'influence des sentiments qui se manifestèrent de toutes parts, que, le 17 août 1777, Louis XVI nomma une commission chargée d'améliorer les hôpitaux de Paris. Cette commission, composée de Lassonne, Daubenton, Tenon, Bailly, Lavoisier, de Laplace, Coulon d'Arcet et Tillet, conclut après de consciencieuses et longues recherches que nos hôpitaux étaient insalubres et indiqua tous les moyens de remédier à cette insalubrité. Mais ce travail si important est à peu près resté inutile pour tous ceux qui ont été chargés d'améliorer et de construire des hôpitaux; seulement les mesures qui furent proposées et acceptées n'ont jamais obtenu le résultat pour lequel elles avaient été prises. Elles donnèrent lieu seulement à des réformes utiles qui sont loin d'être complètes et radicales, comme on peut en juger aujourd'hui.

Depuis Tenon on a bâti plusieurs hôpitaux, mais on n'a tenu aucun compte des préceptes importants qu'il avait si bien établis : si on veut bien se donner la peine d'examiner les différentes constructions qui ont été faites depuis trente ans, on reconnaîtra que ce ne sont point d'après des motifs de santé qu'on a choisi leur emplacement, mais plutôt d'après des convenances prises des terrains qu'on possédait et du besoin d'agrandir des hôpitaux déjà construits, pour le nombre des malades qui augmentait. A son origine un hôpital consistait souvent en une, deux ou trois maisons données par un bienfaiteur : ainsi Necker, Cochin, Beaujon, l'Hôtel-Dieu lui-même; et sans se préoccuper si l'emplacement réunissait toutes les conditions désirables de position, de construction et de salubrité, on y mettait des malades; puis, pour se tenir au niveau des besoins toujours croissants de la population, on agrandissait ces maisons devenues hôpitaux, pour profiter des terrains qui souvent les entouraient. Et qu'en résultait-il? Que d'une maison qui ne contenait qu'un certain nombre de lits et qui était salubre, *parce qu'il n'y avait pas d'encombrement,* on faisait un vaste hôpital, qui devenait insalubre parce qu'il devenait un grand hôpital de 400, 500 ou 600 lits et même plus, qu'on diminuait les cours et les jardins, si même on ne les supprimait. Ainsi a-t-on fait de Beaujon, de Cochin et de Necker, de Saint-Antoine, etc.; et ces hôpitaux qui étaient dans des conditions de salubrité exceptionnelle il y a 30 ans, lorsqu'ils ne contenaient que 100 ou 150 lits, sont devenus, comme l'Hôtel-Dieu, Saint-Louis, la Charité, comme tous les grands hôpitaux en un mot, des foyers d'infection, où les opérations ne réussissent plus aussi bien que par le passé, c'est-à-dire à l'époque où ces maisons contenaient moins de malades et étaient moins encombrées. Tous ceux de nos confrères qui se sont occupés de cette question de l'hygiène de nos hôpitaux, soit à l'Académie, soit dans la presse médicale, soit dans des travaux particuliers, ont cherché à montrer pourquoi nos hôpitaux n'étaient pas salubres, et pourquoi les grandes opérations réussissaient mieux en province, en ville et même dans les hôpitaux étrangers que dans ceux de Paris.

Pour démontrer la cause de l'insalubrité de nos hôpitaux de Paris, nous ne nous donnerons pas la peine de les comparer avec ceux de Londres ou de la province, de les examiner sous le rapport de leur construction, de leur grandeur, des soins donnés aux malades, de la manière de les nourrir et de les panser ; il nous suffira de comparer entre eux les hôpitaux de Paris, où toutes les conditions de soins sont les mêmes. En effet, si on compare certains hôpitaux, et si on les étudie à différentes époques, tels qu'ils étaient par exemple il y a seulement 30 ans, et tels qu'ils sont aujourd'hui, on sera frappé de la différence qui existe dans le résultat des opérations faites à ces différentes époques, et on ne tardera pas à reconnaître la véritable cause des insuccès dans nos hôpitaux de Paris. Qu'on compare, par exemple, Necker, Cochin, Saint-Antoine, tels qu'ils étaient de 1825 à 1840, à Necker, Cochin, Saint-Antoine, tels qu'ils sont aujourd'hui, et l'on verra la différence qui existe entre les deux époques pour le résultat des opérations. Il y a moitié de différence.

En effet, les agrandissements qu'on a fait subir à plusieurs de ces hôpitaux, à Necker, Cochin, Beaujon, Saint-Antoine, ou le grand nombre de lits qu'on a entassés dans ceux qu'on a faits, comme à la Riboissière, en augmentant considérablement le nombre des malades, ont diminué d'autant les conditions de salubrité que les premiers avaient autrefois ; et l'hôpital Necker, l'hôpital Cochin, l'hôpital Saint-Antoine, depuis qu'ils sont devenus de grands hôpitaux, qu'on a diminué les cours et les jardins pour y construire de nouvelles salles, sont devenus moins salubres, et les opérations n'y réussissent pas mieux désormais que dans les autres grands hôpitaux. Cette opinion n'est point hasardée, et il est facile de la vérifier ; elle résulte d'un travail aussi long que pénible que nous avons entrepris dans le but de savoir quels étaient les hôpitaux de Paris où les opérations réussissaient le mieux. Ce travail a montré que les opérés guérissaient mieux à Necker, Cochin, Saint-Antoine, alors qu'ils n'étaient que de petits hôpitaux, qu'aujourd'hui qu'ils sont devenus de grands hôpitaux ; et que la mortalité dans ces établissements, comparée année par année, était de moitié moins grande qu'à l'Hôtel-Dieu.

Dans plusieurs articles (*Gazette médicale de Paris*, 1838 n° 34, et 1839 n° 42, et *Union médicale*, 1862, page 7) que nous avons publiés à l'occasion de la démolition et de la reconstruction de l'Hôtel-Dieu, nous avons rappelé toutes les causes d'insalubrité des hôpitaux de Paris, déjà signalées par Tenon. — En examinant l'Hôtel-Dieu depuis son origine jusqu'à l'époque actuelle, nous avons indiqué tout ce qu'avait conseillé Tenon : la création de petits hôpitaux aux barrières de Paris; la création d'hôpitaux pour les convalescents; la diminution des lits dans les grands hôpitaux et dans les salles, pour éviter l'encombrement; la suppression des hôpitaux à 3 ou 4 étages; enfin la séparation des salles entre elles, non par de simples cloisons, comme à Saint-Louis, à la Charité, à la Pitié et ailleurs, mais la séparation par de larges espaces aérés et sans communication avec des corridors comme à la Riboissière.

Que de millions ont été employés à des modifications, à des constructions de détail, gênées par de mauvais emplacements, à des réparations de toute espèce exigées sans cesse. La même somme eût pu servir à construire de nouveaux hôpitaux, plus en rapport avec les besoins de l'époque et avec l'état de la science. Aujourd'hui, nos hôpitaux, avec toutes leurs améliorations, avec toutes les réformes sans nombre qu'ils ont subies, ne sont pas encore des asiles convenables pour guérir les malades; et puisqu'il s'agit de construire un nouvel Hôtel-Dieu, profitons donc de l'expérience du passé, et tâchons d'avoir un hôpital qui soit un modèle sous tous les rapports.

Voici les mesures que nous avons proposées il y a plus de 25 ans, et celles que nous croyons devoir proposer de nouveau dans l'intérêt de l'humanité, de la science et de la salubrité publique. Il est reconnu aujourd'hui par tous les médecins, sans exception, que les moyens de multiplier les guérisons dans les hôpitaux, d'y diminuer la durée du séjour de chaque individu, d'en éloigner les chances d'un état plus grave pour ceux qui viennent y chercher la santé, c'est de remplacer les grands hôpitaux par des hôpitaux plus petits, mieux disposés, plus convenablement situés et bâtis sur de larges emplacements, de manière que l'hôpital soit toujours entouré de cours et de jardins. C'est ensuite de ne faire que des salles bien séparées les unes des autres, très-vastes, très-élevées et ne contenant jamais plus de 15 à 20 malades. C'est de ne jamais placer les opérés dans les salles communes et d'avoir dans chaque hôpital, pour les opérations graves, de grandes chambres de deux, trois ou quatre lits seulement et ne communiquant en aucune façon avec les autres salles.

Maintenant, où est la nécessité d'avoir de grands hôpitaux, des hôpitaux de 600, 800 et 1000 lits au centre de Paris? Un hôpital qui a assez de lits pour servir aux cas d'urgence et à l'enseignement clinique est suffisant; aussi nous paraît-il convenable et de bonne hygiène de n'avoir au centre de Paris que des hôpitaux pour l'enseignement, des hôpitaux de 250 à 300 lits au plus; les services de tous les médecins et chirurgiens qui ne sont pas chargés officiellement de l'instruction des élèves, mais seulement du soin des malades, seraient supprimés et établis ailleurs. D'après ces principes, le nouvel Hôtel-Dieu qu'on va construire n'aurait que 250 à 300 lits, nombre suffisant pour deux professeurs de clinique chirurgicale et deux professeurs de clinique médicale. Les hôpitaux de la Charité et de la Pitié, conservant la même étendue de terrain, seraient réduits au même nombre de lits et réservés également pour les professeurs de clinique; seulement dans ces deux derniers hôpitaux on prendrait des dispositions pour que les salles fussent mieux disposées, ou mieux, pour que ces hôpitaux fussent construits à neuf. Avec ces trois hôpitaux au centre de Paris, qui contiendraient de 8 à 900 lits environ, on aurait quatre cliniques chirurgicales, quatre cliniques médicales, une clinique d'accouchement, et on pourrait y joindre, ce qui manque à Paris, une clinique des maladies vénériennes et des maladies des yeux. De cette façon chaque professeur aurait environ de 75 à 80 lits, ce qui est plus que suffisant pour fournir à tous les besoins d'une clinique quelconque. — Voilà quel devrait être le caractère distinctif des hôpitaux du centre; tous les autres hôpitaux seraient placés à la circonférence de Paris, aux barrières, en dedans des fortifications, et à peu près à égale distance les uns des autres, de manière à pouvoir subvenir aux besoins de chaque quartier. Ces hôpitaux, assez nombreux pour contenir la population actuelle de Paris et même un tiers en plus, en prévision de l'augmentation toujours croissante de cette ville, contiendraient de 150 à 200 lits. Ainsi je suppose que la population des hôpitaux de Paris soit aujourd'hui de sept mille, il faudrait assez d'hôpitaux pour recevoir dix mille malades. Nous savons d'après Tenon que les blessés sont aux fiévreux dans la proportion de 1 à 5; alors si l'on faisait bâtir 60 hôpitaux, 15 seulement auraient un service de chirurgie, et ces services seraient placés de telle sorte que tous les quartiers pussent recevoir des secours à l'instant même. Sans aucun doute, pour la salubrité de Paris, pour les malades eux-mêmes, ces hôpitaux excentriques seraient bien préférables. Quant aux hospices comme la Salpêtrière, Bicêtre et autres, on pourrait les laisser où ils sont, de même que Saint-Louis, mais à la condition de ne recevoir que des infirmes, des vieillards ou des maladies spéciales. — Parmi les nouveaux hôpitaux à construire, on en réserverait, également de distance en distance, plusieurs qui seraient spécialement affectés aux enfants et assez nombreux pour remplacer ceux qui existent aujourd'hui.

On ne manquera pas de nous objecter qu'au point de vue de la dépense, il faudrait des sommes énormes pour arriver à cette réforme hospitalière et à l'édification de tous ces hôpitaux. Nous comprenons la valeur de cette objection, mais il est facile d'y répondre. Les terrains aux barrières sont relativement à bas prix, et la vente de ceux qui sont placés au centre de la capitale, comme Beaujon, la maison des Nourrices, l'hôpital des Cliniques, Necker, l'hôpital des Enfants, Cochin, l'hôpital du Midi, la Maternité, l'hôpital Saint-Antoine, la Riboissière, etc., donneraient des sommes assez considérables pour faire face aux dépenses qu'exigerait la construction de ces nouveaux hôpitaux. D'ailleurs, ce plan accepté, on ne le mettrait à exécution que successivement, et on ne démolirait un grand hôpital que lorsque plusieurs petits seraient disposés pour son remplacement. Tous les nouveaux hôpitaux, bâtis sur de larges emplacements, auraient des cours et des jardins; car un hôpital sans jardin ne peut jamais être un lieu convenable de traitements et ne saurait être trop tôt abandonné, parce qu'il manque de l'un des plus puissants moyens d'action que nécessite sa destination. Pour que les maisons d'une population nombreuse ne soient pas insalubres, il faut que de grands espaces libres et découverts suppléent à ce qui manque d'air autour de chaque individu.

Il est bien établi que l'encombrement surtout, le défaut d'air et de lumière, l'humidité, les émanations fétides sont les causes principales des accidents qui surviennent spontanément sur des plaies simples, comme sur celles qui sont accidentelles, chez des malades dont la constitution paraît vigoureuse et dont la santé a été toujours bonne. Il est donc de toute sagesse et de toute humanité de chercher à éloigner ces causes dans la construction d'un hôpital. Ce qui frappe surtout dans les hôpitaux où il y a un grand nombre de malades, c'est le caractère adynamique des affections, l'état de faiblesse et de prostration dans lequel tombent les malades, affaiblissement qui souvent est loin d'être en rapport avec le mal local. Qui ne sait aujourd'hui qu'un hôpital, même bien exposé, soumis à une ventilation plus que suffisante, où le linge et les vivres sont en abondance, ne préserve pas les malades des accidents inhérents aux établissements qui renferment un grand nombre d'individus. — On ne peut pas dire que ceux qui vont à la mer manquent d'air, que la ventilation ou l'aération ne soient pas suffisantes; cependant s'ils sont trop nombreux, en un mot, *s'il y a encombrement,* l'humidité qui les enveloppe de toutes parts aidant, ils s'empoisonnent les uns et les autres, et le typhus, la pourriture d'hôpital, le scorbut et toutes les affections dont le caractère principal est l'adynamie, ne tardent pas à paraître. — Il faut donc en conclure qu'un hôpital sur les bords d'une rivière, qui l'expose à l'humidité, aux brouillards, placé au centre d'une grande ville, au milieu d'un air impur, n'ayant ni cours ni jardins et *renfermant une population trop nombreuse* relativement à l'espace sur lequel il est construit, doit être un mauvais hôpital, et qu'il donnera lieu à tous les accidents que nous avons signalés.

Le nouvel Hôtel-Dieu qu'on se propose de réédifier serait construit dans l'espace compris entre Notre-Dame et le quai Napoléon. Cet hôpital aurait 800 lits; la superficie comprise dans le périmètre est d'environ 22,000 mètres, etc. Le choix de l'emplacement dont il s'agit aurait été déterminé par les considérations suivantes :

« L'Hôtel-Dieu a eu la cité pour berceau, c'est à l'ombre de Notre-Dame que cette fondation de la charité publique a grandi et s'est développée. Le sentiment populaire n'a jamais séparé l'asile central de la souffrance du sanctuaire vénéré de l'église métropolitaine. Il serait très-difficile sinon impossible de trouver au milieu de la ville une situation plus convenable au point de vue des besoins de la population et des nécessités du service.....

» Au surplus, où trouverait-on, sur un autre point de la ville à portée de la masse de la population, un emplacement de plus de deux hectares, aussi bien aéré et aussi largement dégagé que celui dont l'administration a fait choix. »

La première remarque que nous ferons sur l'emplacement choisi pour reconstruire l'Hôtel-Dieu, c'est qu'il sera encore placé sur les bords de la Seine, exposé par conséquent, comme l'ancien Hôtel-Dieu, à l'humidité, aux brouillards, aux émanations fétides du fleuve, causes, qui comme on le sait, produisent, avec l'encombrement, les accidents des plaies, l'érysipèle, l'infection purulente, la mortalité en un mot.

Dans cet endroit les caves seront-elles à l'abri des grosses eaux de la Seine, comme il arrive pour l'Hôtel-Dieu actuel... En hiver, la Seine est une source continuelle d'humidité, de vapeurs épaisses qui pénètrent dans l'intérieur des bâtiments ;... en été, des gaz septiques se dégagent continuellement de ses eaux, dont le cours est ralenti et le fond rendu vaseux par tous les égouts situés au-dessus... Quoi qu'on fasse pour le nouvel Hôtel-Dieu placé encore sur les bords de la Seine, on ne pourra jamais changer cette fâcheuse et terrible influence de la rivière, et tous les inconvénients réunis qui font souvent de l'Hôtel-Dieu actuel un asile de désolation, où le chirurgien n'a pour résultat dans les grandes opérations que le fruit amer du dégoût, ne pourront-ils pas encore se renouveler en reconstruisant l'Hôtel-Dieu sur les rives de la Seine?

La seconde remarque, et elle n'est pas moins importante, c'est qu'il *y aura encombrement,* car 800 malades, placés dans un hôpital construit sur une superficie d'environ deux hectares seulement, ne peuvent avoir ni cours ni jardins... ; et les dépendances essentielles pour tout lieu de traitement d'une certaine étendue manqueront toujours là, et leur absence devra toujours faire considérer comme un devoir pour les médecins de le signaler, et pour l'autorité de souscrire à d'aussi légitimes nécessités. — Mais si au lieu de 800 malades on réduit ce nouvel hôpital à 600, à 400 je suppose, l'encombrement sera moins grand, mais l'hôpital n'en restera pas moins exposé à tous les inconvénients que nous avons signalés plus haut, par sa fâcheuse position sur les bords de la Seine. Mais cette diminution de 400 lits entraîne un autre inconvénient qui a aussi son mauvais côté, c'est que chaque lit coûtera un prix énorme, et qu'il absorbera chaque année un revenu d'au moins 3,000 francs, sans compter l'entretien des malades qui passeront par ce lit.

Tout le monde sait qu'il est impossible de pouvoir construire au centre de Paris un hôpital à bon marché, le prix du terrain y étant trop élevé; mais puisqu'il y a nécessité absolue d'avoir des hôpitaux au centre de Paris, il faut donc chercher le moyen de les construire au meilleur marché possible, tout en leur donnant, avant tout, toutes les conditions de salubrité qu'ils exigent. Le premier moyen qui se présente, pour diminuer la dépense, c'est d'abord de ne construire au centre que de petits hôpitaux.

Mais si on persiste à construire un hôpital de 800 lits, sur vingt-deux mille mètres de terrain, les salles ne pourront être ni assez vastes, ni assez élevées (il leur faut quatre à cinq mètres de hauteur au moins), ni assez nombreuses pour ne contenir que 15 à 20 lits chacune, là où l'on a la mauvaise habitude d'entasser 40 à 50 lits, quelquefois plus. D'un autre côté, où prendra-t-on le terrain pour construire les bureaux, les cuisines, la pharmacie, les amphithéâtres, les bains, en un mot tous les services exigés pour un hôpital?... Comment avoir dans un espace aussi restreint des salles particulières, des salles de rechange, des pavillons séparés et très-éloignés des salles communes pour les opérés?... Fera-t-on trois ou quatre étages? mais on sait combien, dans un hôpital, les étages supérieurs sont malsains, et l'Hôtel-Dieu actuel, la Pitié, etc., en sont de tristes exemples; il faut donc éviter l'entassement des salles les unes sur les autres, et n'avoir qu'un rez-de-chaussée surélevé sur cave et un premier étage seulement. Suivant la remarque de Hunter et de beaucoup d'autres médecins, deux salles existant l'une au-dessus de l'autre, ayant mêmes dimensions et dispositions, toutes circonstances semblables, même nombre de malades, la mortalité est constamment plus forte dans la salle supérieure; à plus forte raison, à un deuxième, à un troisième étage.

On dit encore : « L'Hôtel-Dieu a eu la Cité pour berceau, etc... »

Fondé en 638, selon quelques historiens, selon d'autres en 660, par saint Landry, évêque de Paris, l'Hôtel-Dieu consista primitivement en deux ou trois maisons contiguës à l'ancienne chapelle Saint-Christophe; comme tous les hôpitaux fondés à cette époque, celui-ci fut placé où il est aujourd'hui, non parce que l'emplacement réunissait toutes les conditions désirables, mais parce que, suivant l'usage d'alors, les hôpitaux ou les maisons qui en tenaient lieu étaient ordinairement voisins des églises cathédrales, et les évêques, comme dépositaires du bien des pauvres, en étaient les administrateurs nés. Les chanoines et les clercs, *alors les seuls médecins,* étaient chargés comme tels de soigner les malades, et leur donnaient à la fois les secours temporels et spirituels; ce ne fut donc point d'après des motifs de santé qu'on choisit l'emplacement de cet hôpital, ce fut d'après des convenances prises des besoins que les malades avaient des subsistances, de charité et d'attention. Nous ne sommes plus au septième siècle, et les évêques ne disposent plus du bien des pauvres, et les chanoines et les clercs n'en sont plus les médecins; tout est bien changé et les convenances qui voulaient alors que les hôpitaux fussent placés à l'ombre des églises n'existent plus... Il faut donc agir aujourd'hui suivant les circonstances, et se pré-occuper surtout de la salubrité des hôpitaux; d'ailleurs on peut encore aujourd'hui respecter le sentiment populaire qui n'a jamais séparé l'asile central de la souffrance du sanctuaire de l'église métropolitaine, et au lieu de construire l'Hôtel-Dieu à droite de Notre-Dame, on peut le construire à gauche; dans cette position, il pourra avoir tous les avantages qu'on doit rechercher dans un hôpital, et dans celui-ci en particulier.

Le nouvel Hôtel-Dieu, élevé du côté de la rue de la Bûcherie, dans une partie de l'espace compris entre la place Maubert et la rue Saint-Jacques, entre le boulevard Saint-Germain et le quai Montebello, qui ne serait plus un quai, puisqu'il faudrait combler le petit bras de la Seine, aurait toutes les conditions hygiéniques et de commodité qu'on doit exiger; il répondrait à tous les besoins et réunirait tous les avantages qu'on doit se proposer dans un hôpital salubre; n'étant plus situé sur le bord de la Seine, il ne serait exposé ni à l'humidité, ni aux brouillards, ni aux émanations du fleuve... Il aurait une étendue de terrain convenable et tout l'espace qu'on pourrait désirer pour éviter l'encombrement. Déjà l'administration possède une partie du terrain, et celui qu'elle aurait à acheter dans cet endroit est d'un prix de beaucoup inférieur à celui sur lequel elle se propose de construire. Ce terrain est couvert de nombreuses maisons neuves, d'établissements importants, qui, comme celui de la Belle-Jardinière, par exemple, exigeront des indemnités considérables et très-onéreuses pour l'administration (1).

En construisant l'Hôtel-Dieu à gauche de Notre-Dame, on fera un bien inappréciable à tout ce quartier, le plus malsain maintenant de Paris; on fera disparaître de vieilles maisons privées pour la plupart de cours, généralement humides et malsaines, et séparées par des rues étroites, sales, où le jour et l'air pénètrent difficilement, où le soleil n'a jamais paru, et qui font de ce quartier le plus insalubre de la capitale. Ce serait une occasion favorable pour assainir cette partie de la ville, qui assurément est bien plus insalubre, bien plus inhabitable que celle qu'on veut démolir. On ajouterait aux améliorations nombreuses que nous devons à la prévoyance du gouvernement; jamais sous aucun règne on ne s'est plus occupé d'ouvrir des rues, d'élargir les places, de former des quais, d'étendre et de multiplier nos promenades et nos marchés publics, nos fontaines, d'éloigner les cimetières, de reculer les voiries, en un mot de faire circuler l'air, de dessécher le sol, de garantir des effets des amas de matières putrides, etc. Toutes ces précautions favorisent de plus en plus la salubrité de la ville, et ce sont autant d'obligations dont on est redevable à la bienfaisance du gouvernement. Ne serait-il pas à désirer qu'on étendit ces bienfaits jusque sur les hôpitaux, et qu'on fît pour les maladies et les misères du pauvre ce qu'on fait pour ses distractions, ses plaisirs et sa religion, en faisant bâtir des théâtres et des églises?

Quand on voit la ville s'améliorer de tous les côtés, on se demande pourquoi on irait construire un hôpital qui ne pourra

(1) Cet établissement a cinq ou six succursales en provinces, 4 à 500 employés à appointements fixes, 5 ou 6 mille ouvriers à Paris et en province, dont le travail coûte 4 à 5 millions. 11 à 12 millions d'affaires. — Loyer, 150 mille francs.

être que très-insalubre, dans un lieu humide et exposé aux brouillards et aux émanations de la rivière, enserré entre plusieurs grands monuments qui arrêteront les courants d'air, et dans un lieu où l'on ne peut bâtir que sur pilotis, ce qui entraînera encore une grande dépense, et sera de plus une cause d'humidité.

Enfin, il est une dernière considération non moins importante que celles que nous venons de passer en revue; elle est d'un intérêt majeur; il s'agit de l'enseignement et du progrès de la médecine et de la chirurgie : il est évident que, sous ce double rapport, le nouvel Hôtel-Dieu sera mieux placé à gauche de Notre-Dame, parce qu'il sera pour ainsi dire dans le quartier Latin, à proximité de la Faculté de médecine, des professeurs et des étudiants.

Nous avons dit qu'en reconstruisant l'Hôtel-Dieu sur le quai Montebello, derrière le boulevard Saint-Germain, il y aurait économie et salubrité : économie parce que le terrain coûtera moins cher, salubrité parce qu'on trouvera autant d'espace qu'on doit en désirer, et qu'aux 22,000 mètres qu'on achètera dans cet endroit, on pourra y joindre les 5 ou 6,000 mètres que possède déjà l'administration. L'administration estime le terrain tout bâti à 5 ou 600 francs le mètre, du côté gauche; du côté droit, on peut dire, sans crainte de se tromper, qu'il sera d'un prix beaucoup plus élevé à cause de la valeur des maisons à exproprier; elles sont neuves pour la plupart, et occupées par des industries considérables qui exigeront de fortes indemnités... Du côté gauche, au contraire, les maisons sont vieilles, mal habitées, ce sont de véritables masures qui ne renferment aucun commerce important... Il en résulte que les 22,000 mètres de terrain à gauche, en prenant la moyenne du prix d'estimation de l'administration, coûteront 11 millions, tandis qu'à droite, la même quantité de terrain coûtera 17 à 18 millions; c'est donc déjà, sur le terrain seulement, une économie de 6 à 7 millions. Sur la construction il y aura encore une économie énorme, puisqu'un hôpital pour 300 lits ne peut coûter aussi cher qu'un hôpital de 800 lits.

Il ressort de ces faits qu'à gauche on trouve un espace de 27 à 28 mètres et même plus si l'on veut, puisqu'il y a 53,000 mètres dont on peut disposer, sur lequel on peut construire un hôpital de 250 à 300 lits, hôpital qui aura toutes les conditions hygiéniques désirables, et économisera à la ville 10 à 12 millions; tandis qu'à droite, sur un espace de 22,000 mètres, on dépensera 28 à 29 millions, probablement plus, pour avoir un hôpital encombré, insalubre et mal placé.

Mais d'abord, répondons à une objection qu'on ne manquera pas de nous faire, en nous disant qu'en résumé notre hôpital coûtera bien plus cher que celui proposé par l'administration, puisque pour 15 ou 16 millions nous n'aurons que 300 lits à la disposition des malades, tandis qu'avec le projet de la ville, qui, il est vrai, pourra coûter 28 ou 29 millions, on aura 800 lits, c'est-à-dire 500 lits de plus qu'avec notre projet, ce qui doit être pris en sérieuse considération. Cette objection peut paraître avoir quelque chose de juste au premier abord, mais en y réfléchissant, on sera bientôt convaincu qu'il n'en est rien. Quand on fait une opération aussi importante que celle de bâtir un hôpital qui doit coûter plus de 25 millions, on doit tenir compte de toutes les circonstances qui peuvent se présenter ; il faut envisager la plus-value morale et matérielle qu'on peut en retirer au point de vue du bien-être des malades, de la salubrité de la ville et de l'économie du trésor public. Étant admis qu'un hôpital doit recevoir l'air, le vent et le soleil de tous les côtés, qu'il doit être à l'abri de toute humidité, des miasmes et des brouillards d'une rivière, qu'on doit y éviter le moindre encombrement, qu'il est avantageux de l'entourer de vastes espaces, plantés d'arbres, sans nuire aux habitations et à la voirie, on doit donc s'étudier à chercher à mettre en pratique toutes ces conditions, si indispensables dans la construction d'un hôpital. Pour ce qui est de l'Hôtel-Dieu qu'on veut reconstruire, nous pensons qu'on peut facilement obtenir toutes ces conditions en comblant le petit bras de la Seine, qui d'ailleurs, dans certains moments, est un cloaque dangereux pour la salubrité de la ville. Nous allons prouver qu'il y aurait économie et salubrité pour la ville et l'hôpital.

Ce petit bras de la Seine et ses quais occupent une superficie de 7 à 8 hectares environ, qu'on pourrait utiliser agréablement et lucrativement. Il suffirait pour cela de transformer ce petit bras de la Seine en une belle et large promenade, bien plantée, bien aérée. De cette façon, l'Hôtel-Dieu placé d'un côté, la caserne qu'on bâtit en ce moment, de l'autre, auraient une façade sur cette promenade; et le reste du terrain qui borderait cette promenade serait vendu pour la construction de maisons qui ne manqueraient pas d'être recherchées, à cause de l'espace, de l'air et du jour qu'on rencontrerait dans ce lieu. De plus, cette promenade produirait un bon revenu à la ville, en y établissant dans toute son étendue le marché aux fleurs et aux arbustes.

En faisant ainsi, Paris aurait un hôpital modèle et très-salubre, une nouvelle promenade qui contribuerait à sa salubrité et à son agrément, un marché commode et très-vaste, et enfin de larges voies de communication pour le palais de Justice, la préfecture de Police, le tribunal de Commerce et la caserne qu'on bâtit, et, ce qui est à prendre en grande considération, 25 *ou* 26 *millions* que produirait la vente des terrains placés de chaque côté de la promenade. Ces 25 ou 26 millions seraient bien plus que suffisants pour construire l'Hôtel-Dieu à gauche de Notre-Dame, et les 8 ou 10 millions qui ne seraient pas employés serviraient à la construction de petits hôpitaux aux barrières. La vente des terrains du petit bras de la Seine serait donc suffisante pour faire les frais d'un Hôtel-Dieu de 250 à 300 lits, et ceux de cinq ou six hôpitaux excentriques de 150 à 200 lits. En procédant ainsi, l'Hôtel-Dieu serait reconstruit sans bourse délier, et l'argent que la ville possède déjà pour sa reconstruction serait employé à bâtir d'autres hôpitaux aux barrières; de telle sorte qu'en dépensant les 28 ou 29 millions qu'on va être obligé de dépenser pour reconstruire un hôpital de 600 ou 800 lits dans la Cité, et en y ajoutant les 25 millions provenant de la vente des terrains du petit bras de la Seine, on pourrait, en suivant le plan que nous proposons, construire un Hôtel-Dieu de 250 à 300 lits et 20 ou 25 hôpitaux de 150 à 200 lits, ce qui procurerait 3 à 4 mille lits bien disposés et bien appropriés au but qu'on doit se proposer, la santé des pauvres. En suivant le projet de la ville, on aura un hôpital insalubre de 800 lits, et qui aura coûté 28 ou 29 millions, s'il ne coûte pas plus.

Puisque nous sommes sur le chapitre des améliorations à introduire dans l'assistance hospitalière, qu'il nous soit permis de faire, au point de vue de l'hygiène et du résultat des opérations, quelques remarques sur une question qui se rattache à l'institution des secours à domicile. Si, grâce aux soins de M. le directeur de l'assistance publique, le traitement médical est organisé d'une manière très-avantageuse et aussi complète que possible dans Paris, il n'en est pas de même du traitement chirurgical. Ne serait-il pas possible d'établir aussi le traitement chirurgical à domicile comme le traitement médical? Cette manière de faire ne serait pas nouvelle d'ailleurs, puisque, par un arrêté du 8 prairial an IX (23 mai 1804), renouvelé le 23 octobre 1813, des chirurgiens étaient attachés au bureau de bienfaisance, chargés de porter les secours de leur art au domicile de l'indigent ; et parmi ceux qui ont rempli cette mission se trouvent des noms éminents, puisqu'on y voit figurer celui de G. Lafaye, membre et démonstrateur de l'Académie royale de chirurgie. La raison la plus puissante qui devrait militer en faveur de cette proposition, c'est qu'en général la ville donne de plus beaux succès de médecine opératoire que les hôpitaux ; que les érysipèles, les phlébites, les résorptions purulentes, les fièvres puerpérales, etc., y sont bien plus rares. — Bien des observations ont montré que dans les maisons particulières les opérations réussissaient beaucoup mieux que là où il y avait un grand nombre d'individus réunis, que les complications y étaient rares et la mortalité exceptionelle. Dans une discussion à l'Académie de médecine sur la fièvre puerpérale, des voix se sont élevées de toutes parts pour proclamer cette vérité. Si les opérations sont souvent mortelles dans les hôpitaux, cela ne tient pas à la nocuité des lésions elles-mêmes, mais à coup sûr au milieu dans lequel elles sont traitées.

Il y aurait encore un autre moyen facile et peu dispendieux de remédier à l'encombrement des hôpitaux et de mettre les opérés dans des conditions hygiéniques très-favorables pour les opérations, ce serait non-seulement d'établir un service chirurgical à domicile, mais encore de créer dans chaque maison de secours des bureaux de bienfaisance, surtout dans celles qu'on construit maintenant, 4 ou 5 lits. Ces lits, placés dans chaque quartier, seraient réservés pour les accidents ou pour les malades qui, atteints d'une affection qui exige une opération, ne voudraient pas entrer dans un hôpital. Quelques-uns de ces lits pourraient être réservés pour les femmes en couches. Il y a dans

Paris environ 40 à 50 maisons de secours, dépendant des bureaux de bienfaisance. Ce serait donc 200 ou 250 lits qui tous les jours seraient à la disposition des blessés et qui dans une année pourraient recevoir de deux à trois mille malades, en supposant que chaque malade y séjournât un mois. Ces maisons, éloignées les unes des autres et placées dans les différents quartiers de la capitale, offriraient toutes les qualités désirables de salubrité pour le succès des opérations; et l'assistance publique aurait en plus à sa disposition deux ou trois cents lits, où chaque jour on pourrait secourir 80 ou 100 femmes en couches et 150 à 200 opérés ou blessés. Cette mesure serait d'une utilité incontestable dans tous les temps, mais surtout lorsqu'il existe une épidémie de fièvres puerpérales, d'érysipèles dans les hôpitaux, épidémies qui deviendraient plus rares, ou qui au moins ne se propageraient pas si on dispersait ainsi par toute la ville ceux que leur position expose à contracter des maladies si graves, qu'elles sont souvent mortelles. Ce serait le meilleur moyen de pouvoir comparer le résultat des opérations faites dans les grands hôpitaux, dans les petits hôpitaux et à domicile, et de se convaincre une fois de plus de l'influence fâcheuse, sur les opérations, de la réunion de plusieurs centaines d'individus dans un même lieu.

Les chirurgiens et les médecins ne manqueraient pas pour remplir ces fonctions; car ceux qui s'en acquitteraient avec zèle, dévouement et intelligence, auraient bientôt conquis un peu de cette considération qui s'attache aux hommes en raison des services rendus, et la position honorable qui en résulterait pour eux serait de nature à tenter plus d'une ambition.

Heureusement, un gouvernement éclairé, des administrateurs dévoués, le cri de la capitale, les efforts de tous les hommes instruits et philanthropes ne cessent d'agir et de se faire entendre en faveur de cette classe souffrante qui mérite toute l'attention des gens de bien, et l'on peut se livrer à la flatteuse espérance qu'il ne restera bientôt plus que le souvenir des maux qu'elle a soufferts dans nos hôpitaux; et le gouvernement, le premier appui de la douleur et de l'indigence, fera disparaître ces désavantages que les progrès de la science, ceux de notre raison et de l'humanité réprouvent.

www.ingramcontent.com/pod-product-compliance
Lightning Source LLC
Chambersburg PA
CBHW051259050726

47595CB00008B/3329